D0714255

Collection MONSIEUR

1 MONSIEUR CHATOUILLE
2 MONSIEUR RAPIDE
3 MONSIEUR FARCEUR
4 MONSIEUR GLOUTON
5 MONSIEUR RIGOLO
6 MONSIEUR COSTAUD
7 MONSIEUR GROGNON
8 MONSIEUR CURIEUX
9 MONSIEUR NIGAUD
10 MONSIEUR RÊVE
11 MONSIEUR BAGARREUR
12 MONSIEUR INQUIET
13 MONSIEUR NON
14 MONSIEUR HEUREUX
15 MONSIEUR INCROYABLE
16 MONSIEUR À L'ENVERS
17 MONSIEUR PARFAIT
18 MONSIEUR MÉLI-MÉLO
19 MONSIEUR BRUIT
20 MONSIEUR SILENCE
21 MONSIEUR AVARE
22 MONSIEUR SALE
23 MONSIEUR PRESSÉ
24 MONSIEUR TATILLON
25 MONSIEUR MAIGRE
26 MONSIEUR MALIN
27 MONSIEUR MALPOLI
28 MONSIEUR ENDORMI
29 MONSIEUR GRINCHEUX
30 MONSIEUR PEUREUX
31 MONSIEUR ÉTONNANT
32 MONSIEUR FARFELU
33 MONSIEUR MALCHANCE
34 MONSIEUR LENT
35 MONSIEUR NEIGE
36 MONSIEUR BIZARRE
37 MONSIEUR MALADROIT
38 MONSIEUR JOYEUX
39 MONSIEUR ÉTOURDI
40 MONSIEUR PETIT
41 MONSIEUR BING
42 MONSIEUR BAVARD
43 MONSIEUR GRAND
44 MONSIEUR COURAGEUX
45 MONSIEUR ATCHOUM
46 MONSIEUR GENTIL
47 MONSIEUR MAL ÉLEVÉ
48 MONSIEUR GÉNIAL
49 MONSIEUR PERSONNE

Monsieur LENT

Roger Hargreaves

hachette
JEUNESSE

Comme tu le sais peut-être, ou peut-être pas,
monsieur Lent habitait juste à côté
de chez monsieur Rapide.

Il avait construit lui-même sa maison.

Lentement.

Cela lui avait pris dix ans.

Comme tu le sais peut-être, ou peut-être pas, monsieur Lent parlait très, très lentement.

Il... parlait... comme... ça...

Et quand il faisait quelque chose, il le faisait tout aussi lentement.

Par exemple.

Si monsieur Lent avait écrit ce livre,
tu ne pourrais pas le lire en ce moment.

Il en serait encore à la première page.

Par exemple.

Si monsieur Lent commençait à manger
une tranche de cake à quatre heures,
à l'heure du coucher
il ne l'avait pas encore terminée.

Il mâchait cent fois chaque fruit confit
et chaque raisin sec.

Par exemple.

Il mettait une semaine à ouvrir ses cadeaux de Noël.

Et il finissait d'écrire les lettres
de remerciements à Pâques.

Ce qu'il était lent !

Cette histoire ne raconte pas ce qui s'est passé
le jour où monsieur Lent est allé pique-niquer
avec monsieur Rapide.
Ça, c'est une autre histoire.

Cette histoire raconte ce qui s'est passé
quand monsieur Lent a décidé de chercher du travail.

Il a lu les petites annonces dans le journal.
Ça lui a pris quelques jours,
mais il a fini par trouver un travail.

A la télévision.

On lui a demandé de présenter les informations
de huit heures.

Donc, ce soir-là,
monsieur Lent présenta les informations :

Bon...soir..., chers... té...lé...spec...ta...teurs...

A minuit, il n'avait pas encore fini,
et tous ceux qui regardaient la télévision
s'étaient endormis.

Il valait mieux que monsieur Lent
cherche un autre travail.
Tu ne crois pas ?

Alors monsieur Lent devint chauffeur de taxi.

Monsieur Malpoli sauta dans la voiture et ordonna :

– A la gare ! Et vite ! Mon train est à trois heures !

– Très... bien, répondit monsieur Lent.

Le taxi arriva à la gare à quatre heures.

Il valait mieux que monsieur Lent
cherche un autre travail.
Tu ne crois pas ?

Alors, au début de l'été, monsieur Lent
se mit à fabriquer
des glaces à la vanille.

Quand les glaces furent prêtes,
ce n'était plus du tout la saison
pour vendre des glaces à la vanille.

Non, mais alors là, plus du tout!

Donc, monsieur Lent se mit à fabriquer des écharpes.

Quand les écharpes furent prêtes,
ce n'était plus du tout la saison
pour vendre des écharpes.

Non, mais alors là, plus du tout!

Pauvre monsieur Lent!

Il ne savait plus quoi faire.

Il décida de demander conseil aux autres messieurs.

– Devenez coureur automobile,
dit monsieur Étonnant.

Tu imagines ?

Non, vraiment !

– Devenez chauffeur de locomotive, dit monsieur Rigolo.

Tu imagines ?

Non, deux fois non !

– Devenez pilote de hors-bord,
dit monsieur Chatouille.

Tu imagines ?

Non, trois fois non !

Et puis, monsieur Heureux eut une bonne idée.
Une heureuse idée.
– Devenez conducteur de rouleau compresseur, dit-il.

Et maintenant, c'est exactement
ce que fait monsieur Lent.

Il avance lentement. Il recule lentement.
Tellement lentement.

Si tu vois un rouleau compresseur qui avance
et qui recule très, très lentement, regarde bien.
Tu verras peut-être monsieur Lent au volant.

Tu lui diras en passant :
– Bonjour, monsieur Lent.

Mais tu seras déjà loin quand il te répondra :

– Au... re...voir....

1
MME AUTORITAIRE
2
MME TÊTE-EN-L'AIR
3
MME RANGE-TOUT
4
MME CATASTROPHE
5
MME ACROBATE
6
MME MAGIE
7
MME PROPRETTE
8
MME INDÉCISE
9
MME PETITE
10
MME TOUT-VA-BIEN
11
MME TINTAMARRE
12
MME TIMIDE
13
MME BOUTE-EN-TRAIN
14
MME CANAILLE
15
MME BEAUTÉ
16
MME SAGE
17
MME DOUBLE
LA COLLECTION
MADAME
c'est aussi
41 personnages
18
MME JE-SAIS-TOUT
19
MME CHANCE
20
MME PRUDENTE
21
MME BOULOT
22
MME GÉNIALE
23
MME OUI
24
MME POURQUOI
25
MME COQUETTE
26
MME CONTRAIRE
27
MME TÊTUE
28
MME EN RETARD
29
MME BAVARDE
30
MME FOLLETTE
31
MME BONHEUR
32
MME VEDETTE
33
MME VITE-FAIT
34
MME CASSE-PIED
35
MME DODUE
36
MME RISETTE
37
MME CHIPIE
38
MME FARCEUSE
39
MME MALCHANCE
40
MME TERREUR
41
MME PRINCESSE

Édité par Hachette Livre - 43, quai de Grenelle, 75905 Paris Cedex 15
ISBN :978-2-01-224851-9
Dépôt légal : février1983
Loi n° 49- 956 du 16 juillet 1949, sur les publications destinées à la jeunesse.
Imprimé par IME (Baume-les-Dames), en France